24stories

大切なことに気づく 24の物語

読むだけで人生がうまくいく

「心のサプリ」

中山和義
Kazuyoshi Nakayama

フォレスト出版

はじめに

仕事が上手くいかなかったり、人間関係が悪くなって悩んだときに、大切なことに気づく話に出会うと心が元気になります。

そのおかげで人生が変わることもあると思います。

私も大切なことに気づく話に出会えたおかげで、今の幸せがあると思います。

七年前から弊社のお客様にも、このような話を伝えたいと思って毎月、「オーナー日記」として会報に載せてご紹介させていただいてきました。

ありがたいことに会報に載せるとお客様から、

「毎回、読んで成長させていただいてます」とか、

「読んでいて涙が出ました。いつも感謝しています」

というご意見をいただいてきました。

この話を昨年、私の著書『客は集めるな！〜お客様とのきずなを作る三つの関係〜』でお世話になったフォレスト出版の長倉さんにしたところ、

「ぜひ、話をまとめて出版して多くの人に読んでもらおう」

ということになりました。

さらに、出版に先立って事前にモニターの方を募集して、未完成の原稿を読んでもらったところ、

「生きる上で大切なものを改めて自覚させていただきました」
「一つ一つの話に心が揺さぶられました。ありがとうございます」
「心の奥底にじんわりと温かい気持ちが染み入りました」

などと、多くの人からありがたい感想をいただいてうれしかったです。

Firstly
はじめに

特にうれしかったのは、毎日仕事に追われて夜中まで働いている人からいただいた、

「これからは一人で苦労して私を育ててくれた母に、毎月会いに行きます。この本を読んだら、いつまで続くかわからないけど、それでいいんだと思えました」

という感想でした。

「オーナー日記」に載せた話の中には友人から聞いた話もありました。本を出版するにあたって、友人にどこから聞いた話かを確認しましたが、全ての話の確認はできませんでした。載っている本がないのかを調べて、見つけることができた話は出典をご紹介させていただきました。

中には、私が聞いた話とは内容がかなり違っている話もありました。

やはり、良い話というのは人から人に伝わっていくうちに、聞き手の感情

を刺激して内容が変わっていくのかもしれません。

この本には今まで書いた「オーナー日記」の中でも、気づきの多かった物語を、

「自分を成長させてくれる物語」、
「夢や仕事に情熱を与えてくれる物語」、
「人生と人間関係を変えてくれる物語」、
「家族、友人の大切さを教えてくれる物語」、

の四つの分野に分類して、載せました。

当時の「オーナー日記」に対して、今の私が感じたコメントも付け加えさせていただきました。この数年間、心理カウンセラーの勉強をしていましたので、役に立てれば幸いです。

Firstly

はじめに

この本に書いたことは当たり前のことかもしれません。でも、当たり前のことを大切にするのが、一番難しいと思います。ここに載せさせていただいた二四の物語は、**大切なことを忘れそうになったときにあなたを助けてくれる物語です。**

悩んでいるときだけではなく、繰り返し読んでくれるとうれしいです。

中山　和義

カバー写真　© Mark Tomalty/Masterfile/amanaimages

Prologue

大切なことに気づく物語には、人生を変える力がある！

「今、あなたが悩んでいることは何ですか？」

と誰かに質問したら、

「最近、仕事がつまらなくて、やる気が出ない」
「スタッフが一生懸命に働いてくれない」
「家に帰っても家族との会話が無くて孤独だ」

など、いろいろな答えが返ってくると思います。
どんなに幸せに見える人でも、必ず悩みを持っています。
この悩みを解決するには、どうすればいいのでしょうか？

正直、悩みは簡単に解決できません。しかし、解決のヒントやきっかけをつかむことはできます。その方法は他の人の体験談や考え方を素直に聞くことです。

私も、会社や家族のこと、自分のことなどいろいろと悩んでいましたが、セミナーで講師の体験を聞いたり、本を読んで他の人の体験を聞いて、自分の悩みを解決するきっかけをつかむ事ができました。体験談は悩みを解決するだけではなく、私のモチベーションを高めるのにも役立ちました。

私のお客さんにも体験談を伝えることで役に立てるかもしれない。そう思って、お客さん向けの会報に七年前から「オーナー日記」として体験談を載せてきました。

体験談を載せるとお客さんからいろいろな反応があります。

たとえば、エルトゥール号の話を紹介したときの「オーナー日記」では…

story

0 オーナー日記

友人から元気の出る話を聞いたので紹介します。

明治時代に公務を終えたトルコの軍船が、帰国するときに嵐に遭って小さな村の海岸で座礁《ざしょう》してしまいました。多くのトルコ人が血だらけで海岸に倒れているのに気づいた村の人達は、嵐の中、必死に救助しました。

その後も助けた人の介護を続けましたが、貧しい村だったので十分な食料もありません。最後は非常食の鶏までも与えて介護を続けました。

しばらくして、事故に気づいた明治政府が、援助の手を差しのべたので、助かった人達を無事にトルコに送ることができました。

一九八五年のイラン・イラク戦争のとき、イラクのフセイン元大統領が、

「今から四八時間後にイラクの上空を飛ぶ飛行機は民間機でも撃墜する」

という無茶な声明を発表しました。当時の日本政府は急な事態に対応が遅れて、残された日本人を救援する飛行機を飛ばすことができませんでした。

現地の日本人は空港に集まりましたが、どこの航空会社も自分の国民を乗せるだけで精一杯で、日本人が乗れる飛行機はありませんでした。

そのとき、時間ぎりぎりにトルコの民間機が到着して、日本人を救出してくれました。外務省が問い合わせるとトルコ政府は、

「私たちはエルトゥール号のことを忘れていない。だから日本人が困っているのを知って助けに来た」

と話してくれました。トルコでは教科書にもエルトゥール号の話が載《の》っているそうです。

トルコの人達に、日本人がとても好かれていることを知ってとてもうれしかったです。日本は今、とても豊かな国だと思います。困っている国の人のために、個人でもできる協力をしていきたいと思います。

この話を読んだお客さんから、

「日本人が好かれていると聞いてうれしかったです。同じ日本人として、私もがんばろうと思いました」とか、

「やっぱり、見返りを求めないで人のために尽くすことが大切ですね。自分の利益ばかりではなくて、人のためになることをしたいです」

などと意見をいただきました。

私もお客さんと同じ様に、この話を初めて聞いたときに自分の考え方が変

わった気がしました。当時、地元のボランティア活動をしていたのですが、直接、仕事の利益に結びついていなかったので辞めようかと思っていました。

しかし、この話を聞いて、

「今の自分のボランティア活動が将来、自分の子ども達のために役立つかもしれない」

と思って、活動を続けることにしました。

その後、このボランティア活動を通じて得た人との出会いや体験が、今の私に大きく役立っていることを考えると、

「あのときに辞めなくて良かった。エルトゥール号の話を聞くことができて良かった」

と思います。

体験談には人を変える力があります。

次の章からは、私が特に影響を受けた体験を書いた「オーナー日記」をご紹介します。

この本を書くときに、改めて「オーナー日記」を読んで今の私が感じたことを書き足したのでお役に立てるとうれしいです。

Chapter 1

自分を成長させてくれる物語

誰でも、自分を成長させたいという気持ちがあると思います。

成長するために毎日、努力することが大切なのですが、良いセミナーに出て話を聞いたり、本を読んで勉強したりしたときに、この話を知って自分の価値観が変わったという瞬間があります。

今までの自分の生き方を反省させられたり、やるべきことが分かったりします。

価値観が変わると、今まで見ていた世界が全く違うものになることもあります。会社で働いているスタッフや家族が、その変化に気づいて驚くこともあります。

「誰でも成功は約束されていない。でも、成長は約束されている」

誰の言葉かは忘れてしまいましたが、私の好きな言葉です。

自分の成長に役立った話を紹介します。

story 1 招待状

卒業式の季節ですが、友人から良い話を聞いたのでご紹介します（月刊『致知』に載っていた鈴木秀子先生の話です）。

ある先生が小学校五年生の担任になりました。クラスの生徒の中に、勉強ができなくて、服装もだらしない不潔な生徒がいました。その生徒の通知表にはいつも悪いことを記入していました。

あるとき、この生徒が一年生だった頃の記録を見る機会がありました。

そこには、

「明るくて、友達好き、人にも親切。勉強も良くできる」

と書いてありました。間違っていると思った先生は、気になって二年生以

降の記録も調べてみました。二年生の記録には、

「母親が病気になったために世話をしなければならず、ときどき遅刻する」

と書かれていました。

三年生の記録には、

「母親が死亡、毎日、悲しんでいる」

と書かれていました。

四年生の記録には、

「父親が悲しみのあまり、アルコール依存症になってしまった。暴力をふるわれているかもしれないので注意が必要」

と書かれていました。

先生は急にこの生徒が愛おしく感じました。悩みながら一生懸命に生きている姿が浮かびました。放課後、先生はこの生徒に、

「先生は夕方まで教室で仕事をするから、一緒に勉強しない？」

と男の子に声をかけました。男の子は微笑《ほほえ》んで、その日から一緒に勉強することになりました。六年生になって男の子は先生のクラスではなくなりましたが、卒業式のときに先生は男の子から、

「先生はぼくのお母さんのような人です。ありがとうございました」

と書いたカードを受け取りました。卒業した後も、数年ごとに先生は男の子から手紙をもらいました。

「先生のおかげで大学の医学部に受かって、奨学金をもらって勉強しています」

「医者になれたので、患者さんの悲しみを癒《いや》せるようにがんばります」

などと手紙に書かれていました。

そして、先日、届いた手紙は結婚式の招待状でした。そこには、

「母の席に座ってください」

と書き添えられていました。

本当に落ち込んでいるときに、一人でも自分のことを考えてくれて、励《はげ》ましてくれる人がいてくれたらがんばれると思いました。

悩んでいる人に気づいたら、声をかけてあげたいですね。

どんな人でも、毎日、がんばって生きていると思います。何もしなければ人間は死んでしまうから、ホームレスの人でもがんばって食べ物を探しています。

人を批判するのは簡単です。見かけだけで「この人は仕事ができない」とか「がんばっていない」と言う人がいるかもしれませんが、分かったような気になっているだけで、本当は批判している人のことなど何も知りません。最初、男の子のことを何も知らなかった、この先生と同じです。

他人のことは理解しようと思わなければ何も分かりません。先入観を捨てて相手を見ることで、本当のことが始めて分かると思います。

story 2

やっちゃんのやさしさ

先日、京都のお寺で話を聞く機会がありました。そこで、脳性マヒの障害を持って生まれて、一五歳で亡くなられたやっちゃんという男の子が、亡くなる二ヶ月前に書いた詩を読みました。大変、感動したのでご紹介します。

ごめんなさいね　おかあさん
ごめんなさいね　おかあさん
ぼくが生まれて　ごめんなさい
ぼくを背負う　かあさんの
細いうなじに　ぼくはいう
ぼくさえ　生まれなかったら
かあさんの　しらがもなかったろうね

大きくなった　このぼくを
背負って歩く　悲しさも
「かたわな子だね」とふりかえる
つめたい視線に　泣くことも
ぼくさえ　生まれなかったら
ありがとう　おかあさん
ありがとう　おかあさん
おかあさんが　いるかぎり
ぼくは生きていくのです
脳性マヒを　生きていく
やさしさこそが　大切で
悲しさこそが　美しい
そんな　人の生き方を
教えてくれた　おかあさん
おかあさん

あなたがそこに　いるかぎり

（『お母さん、ぼくが生まれてごめんなさい』向野幾世著／扶桑社）

やっちゃんのお母さんはこの詩を読んで、

「やっちゃんが生まれて来てくれて良かった。ありがとう」

と言ったそうです。

誰でも母親がいなければ、生まれることはできません。お母さんに感謝したいですね。

人は何のために生きているのかを考えさせられました。やっちゃんは一五年という短い人生だったけれども、本当に必死に一生懸命に生きたと思います。

お母さんや周りの人に、たくさんの喜びと勇気を与えてくれた人生だったと思います。

やっちゃんの人生は『お母さん、ぼくが生まれてごめんなさい』という本にもなりました。

人はいつか、必ず亡くなります。健康な人の生き方がいい加減だったら、やっちゃんに申し訳ないと思います。

やさしさこそが大切で、悲しさこそが美しいと感じられるやっちゃんの気持ちを忘れずにがんばりたいと思いました。

story 3

嘘

三月は卒業の季節です。卒業式ではいろいろなドラマがあります。友人から聞いた話が役に立ったのでご紹介します。

ある大学では成績優秀者を卒業式で表彰することになっていました。本来ならば成績優秀者に選ばれた学生はとても喜ぶのですが、ある学生は選ばれたことを悩んでいました。その理由は、彼が風邪のために試験を受けることができなかった科目の成績が『優』だったからです。

彼はすぐに、自分が成績優秀者に選ばれたことが間違いであることに気が付きました。

卒業式には彼の両親が来ます。彼の家は貧しかったので、両親は苦労して彼を大学に通わせてくれました。苦労をかけた両親を喜ばせてあげたいと思う彼は、

「この成績は間違っています」

と言えませんでした。

卒業式の当日、彼は表彰されて壇上に上がりました。しかし、彼は表彰状を受け取らずに、

「私の成績表は間違っていました。試験を受けていない科目が『優』でした。だから、この賞は受け取れません。すぐに知らせなくてすいませんでした」

とあやまりました。

会場は突然の出来事に一瞬、静まりましたが、一人の拍手をきっかけに会場全体から彼に対する拍手が起こりました。彼の両親も、成長した彼の姿に心を打たれて、涙を流しながら彼に拍手を贈っていました。

自分に嘘をついて何かを得ても、絶対に後悔すると思います。本当に努力して得たものだけが自分の大切な宝物になると思いました。

どんなに周りの人を騙《だま》すことができても、自分の心に嘘はつけません。周りに良く思われたくて嘘をついても、自分の心は傷ついていると思います。

この学生のように本当の勇気を出して行動したときに、自分の心が成長できると思います。

この学生が正直に告白した結果、彼は大きく成長できたと思います。自分に正直だったから、周りの人も評価してくれたと思います。

自分で自分をほめてあげられる正直な生き方が大切だと思いました。

story 4

言葉

ベストセラーになった『笑顔があれば』（中経出版）の著者、福田純子さんの話をセミナーで聞くことができました。
福田さんは現在、アナウンサーとしても活躍されていますが、入社したばかりの頃、先輩のアナウンサーから、

「暗い声ね。アナウンサーには向いていないんじゃないの…」

と、いつも言われていて落ち込んでいました。アナウンサーを辞めようか真剣に悩んだそうですが、反対に声をカバーするために、どんなときでも笑顔を絶やさないようにしようと決心します。

その後、大活躍するようになってある人に、

「あなたはアナウンサーで人気があって、お金もいっぱい稼いでいる。楽しいことばかりだからいつも笑っていられる。私には嫌なことばかり起こるから、あなたのように笑っていられない」

と言われたそうです。福田さんは、

「笑っているからいいことがあるんです。私は不幸だ。つまらない人間だと愚痴を言わないで幸せという言葉を口癖にしましょう。幸せの文字の中に辛《つら》いという文字があるのに気が付きましたか？」

と答えました。

テニスでもミスが続くとイライラしてきます。でも、よく考えればテニス

をしてくれる相手がいて、時間が取れて、テニスができるだけでとても幸せなことだと思います。

せっかくの幸せな時間をイライラして過ごすのはもったいないですね。

この話を聞いて言葉の使い方が大切だと思いました。

テニススクールの経営が厳しかった頃、無意識に、

「何を言っているんだ。そんなことはできるはずがない」とか、

「何度、言ってもできないね。本当に嫌になるよ」

などとマイナスの言葉を使っていました。当然、スタッフとの関係も悪くなって、さらに気分も悪くなりました。スタッフが私と会うのを避けるようになりました。

水に「バカ」とか「ふざけるな」などと、マイナスの言葉をかけて凍らせると結晶が崩れる。反対に「ありがとう」とか「感謝」のようにプラスの言葉をかけて凍らせると、綺麗《きれい》な結晶になると聞いたことがあります。

前向きな言葉を使っている人と一緒にいると、どこか楽しい気分になります。この人と一緒にいたいと思います。反対にマイナスの言葉を使う人からは離れたくなります。

story 5
本当に強い人

心理カウンセラーの先生から役に立つ話を聞いたのでご紹介します。

家族四人で夕食を食べているときでした。お父さんが申し訳なさそうに、

「私の弟に返してもらう予定のお金が、返ってこないことになった。残念だけれども海外旅行は延期しよう」

と話しました。子ども達は旅行を楽しみにしていたので、次々と文句を言いました。

「あんな人はいなくなればいいんだ」

と高校生の息子が言ったときに、我慢できなくなったお父さんは、ついに思わず、

「おまえたち、いない人の悪口を言うな。いい加減にしろ！」

とテーブルを叩いて叫びました。

その後、息子さんと娘さんは黙って食事を食べ終わると、自分の部屋に行ってしまいました。奥さんもお父さんと目を合わせてくれません。この日以来、お父さんは家族と話ができなくなりました。いつの間にかわざと家に遅く帰るようになりました。一緒に夕飯を食べていても会話がなくなりました。

三ヵ月後、やっと今のままではいけないと思ったお父さんは、家族にあやまる決心をします。会話の無い夕食を終えた息子さんが席を立ち上がろうとしたときです。お父さんが、

「この前は怒鳴って悪かった。みんなが弟を責める気持ちはもっともだと思う。確かにひどい人かもしれない。でも、いつも小さな頃、一緒に遊んだ弟を思い出すんだ。

弟はいつもお父さんと一緒に遊んでいた。泣き虫だった弟は、転んで足をすりむくと、小さな傷なのに『お兄ちゃん、助けてよ』と言って目に涙を浮かべて体を震わせていた。その頃の弟を思い出すと、どうしても助けずにはいられないんだ。

みんなにも、そんなお父さんの気持ちを分かってもらいたかったし、優しい家族だと思っていたみんなからひどい言葉を聞いて思わず叫んでしまった。本当に悪かった」

と話すと、深く頭を下げました。息子さんはお父さんが話し終わると、黙って自分の部屋に行ってしまいました。奥さんと娘さんはじっとお父さんを見つめてうなずいていました。

その夜、息子さんの部屋に行って戻ってきた大学生の娘さんがお父さんに、

「さっき、二人で話したんだけどあいつ、お父さん、カッコよかったと話していたよ。勇気がないとあやまれないよな。俺にはできないと思う。やっぱり、すごいよだって…」

と、笑顔で話してくれました。

小さなことで家族がけんかしたらもったいないですね。あやまる勇気が大切だと思いました。

お父さんがすぐにあやまれなかったのは、プライドが邪魔をしていたからです。「どうして悪くもない私が子ども達にあやまらなければいけないのだ」と思って怒っていたと思います。

でも、この気持ちは表面的な気持ちで、本当の気持ちは家族に理解してもらえなかったことがつらかったのです。

立場が上の人は、自分の弱さを下の人に見せてはいけないと思い込んでしまいます。でも、本当は弱いところを見せられる人が強いと思います。

自分の気持ちを隠さずに、勇気を持って開示できたときに、人は心を動かされると思いました。

story 6

少年兵

先日、『男たちの大和』という映画を見に行きました。ヒットした映画なので見た方もいると思います。戦争の悲惨さが痛いほど伝わってくる映画でした。

戦艦大和が沈められた最後の戦いで、多くの人が亡くなってしまう場面は思わず目を覆いたくなる映像の連続でした。

この場面が印象に残った人が多いと思いますが、私が印象に残ったのは片道の燃料だけを積んで、帰れないことを承知で沖縄の最後の戦闘に向かう途中の食堂で、特別少年兵同士がけんかをする場面でした。

特別少年兵の一人が、

「俺たちは何のために沖縄の戦地に行くんだ」

と質問をすると、他の少年が、

「そんなばかな質問をするな。敵を倒すためだろ」

と答えます。質問をした少年が、

「片道の燃料、航空機の護衛なし、そんな作戦で敵を倒せるはずがない」

と言い返すと、他の少年たちも巻き込んで殴り合いのけんかが始まりました。最後に、そこにけんかを止めに現れた指揮官が、

「確かに勝てないかもしれない…。しかし、もしも、負けたとしても、負けることによって日本が気づいて変わるかもしれない。俺たちはそのために戦

おう」

と話していたのが印象に残りました。

特別少年兵たちは死を覚悟していました。でも、若い彼らにはやりたかったことがたくさんあったと思います。

最近、大学を卒業してもやりたいことが決まらないで、就職しない若者が増えているそうですが、特別少年兵たちが今の若者を見たらどう思うのでしょうか？

将来の日本を信じて、亡くなっていった彼らのためにもがんばりたいですね。

この映画を見て、鹿児島の知覧《ちらん》にある知覧特攻平和会館を思い出しました。知覧には、当時の特攻隊の人たちの生活の様子や遺書が展示されています。

遺書を見ると涙がにじんだ後や筆の震えが感じられて、涙が止まらなくなります。今でも忘れられない二人の子どもさん宛に当時、最初に習うカタカナで書かれた遺書には、

「チチハ、スガタコソミエザルモイツデモオマエタチヲミテイル。ヨクオカアサンノイイツケヲマモッテ、オカアサンニシンパイヲカケナイヨウニシナサイ。ソシテオオキクナッタレバ、ヂブンノスキナミチニス、ミ、リッパナニッポンジンニナルコト デス。ヒトノオトウサンヲウラヤンデハイケマセンヨ。「マサノリ」「キヨコ」ノオトウサンハカミサマニナッテ、フタリヲジッットミテイマス。フタリナカヨクベンキョウヲシテ、オカアサンノシゴトヲテツダイナサイ。オトウサンハ「マサノリ」「キヨコ」ノオウマサンニハナレマセンケレドモ、フタリナカヨクシナサイヨ。オトウサンハオオキナジュウバクニノッテ、テキヲゼンブ ヤッツケタゲンキナヒトデス。オトウサンニマケナイヒトニ ナッテ、オトウサンノカタキヲウッテクダサイ。
マサノリ　キヨコ　フタリヘ　　チチヨリ」

と書かれていました。私にも二人の子どもがいますので、この方のつらさが伝わってきて本当に切なくなりました。

当時の食堂で働いていたおばさんの話を読むと、特攻隊員は大和の特別少年兵たちと同じように特攻の前夜、最後の夕食をとりながら、

「どうして、私たちは特攻しなければいけないのか？」

と議論していたそうです。彼らも最後には、将来の日本のためにと思って出撃したそうです。

仕事がつらくなったとき、将来の日本のために犠牲になってくれた人たちのことを思い出すと、どんなことも乗り越えられるという勇気を与えられます。

Chapter 2

夢や仕事に情熱を与えてくれる物語

「毎日、仕事が楽しくて仕方がない」とか、

「趣味が仕事なので、会社に行くのが楽しいです」

と言う人がいますが、本当にそうなのでしょうか？

私も仕事は好きですが、毎日のように、

「どうすれば商品が売れるのか？」

「どうして、もっと、彼は一生懸命に働いてくれないのだろう？」

「今のまま、事業を続けていけるのだろうか？」


など、いろいろと悩んでいます。

先日も、お客さんからのクレームの問題で悩んでいると、さらに別の事業所から、

「お客さんからのクレームが処理できないので、対応をお願いします」

と連絡があって仕事が嫌になりました。

このようなことは仕事をしていれば、珍しいことではないと思います。

仕事が嫌になったとき、仕事へのモチベーションを高めてくれる人や情熱を与えてくれる本に出会うことができれば、仕事を前向きに進めることができます。

私もつらいときに、素晴らしい人や本に出会って救われてきました。

何もやる気が起きなくなったときに、情熱を与えてくれた話をご紹介します。

story 7

仕事は奇跡

六歳の男の子が小児ガンになってしまって入院していました。お見舞いに行くと、病気とは思えない大きな声でいつも、

「僕は大きくなったら、おまわりさんになって悪い人を捕まえるんだ」

と笑顔で話していました。

ある日、いつもは素直な男の子がお母さんに、

「僕の病気は何なの？　僕の病気、治るよね？　大人になっておまわりさんになれるよね」

と、泣きながらダダをこねていました。
その晩、男の子は急に容体が悪化して亡くなりました。

男の子が抱いた夢は残念ながら叶いませんでした。

「大人になる」

そんな些細《ささい》な夢も叶いませんでした。
私たちは今、彼の夢だった大人になっています。でも、当たり前のように大人になった後に、本当に夢に向かって毎日がんばっているでしょうか？
夢に向かって努力できるのは当たり前ではありません。とても、恵まれたことだと思います。私のように好きなテニスを仕事にしているのに、落ち込んでいたり、文句を言っていたりするようでは、この男の子に本当に申し訳ないと思います。

大人になって、夢に向かって挑戦できる舞台に立てたことに感謝して、努力しないといけないですね。

このオーナー日記に書いた話を聞いて以来、スタッフから仕事について愚痴や文句を聞くと、とても嫌な気分になります。そんなときにはスタッフにこの男の子の話をして、

「あなたは小さい頃、何になりたかったのかな?」

と質問します。スタッフは、子どものときに大人になってやりたかったことを思い出します。大きな夢を持っていた頃の自分と向き合います。

もちろん、今の仕事をやりたいという夢を持っていたスタッフばかりでは

ありません。中には夢なんて考えたこともないスタッフもいると思います。

そこで、次に、

「どうして、この仕事を選んだの？」

と質問します。仕事が嫌になっているスタッフも最初からではありません。入社した頃は希望にあふれていたと思います。その頃の気持ちを思い出してもらいます。


この質問は、実はいつも自分にも向けられている質問です。

本当にこの仕事に人生をかけていいのか？

その答えは簡単には見つからないと思いますが、仕事に悩んで自分が嫌になったとき、この男の子の話を思い出してください。

当たり前に感じている仕事が、実は奇跡なことに気が付きます。

小さい頃、やりたいと思っていた仕事と違っていても、この仕事を選んだのはあなたです。

story

8 自分のお葬式

私が通っている心理学の教室は講師の先生が本当に熱心です。どの先生も必死に授業をするので、どうしてこんなに熱心に授業ができるのか不思議に思っていました。

先日、この教室を開設した先生の話を聞いて理由が分かりました。

この先生が中学生だった頃、お父さんがいつも、浮気をしたり、毎晩遅くまで飲んで帰ってきたりする状況でお母さんが悩んでいました。

このお母さんは先生の実のお母さんではありませんでしたが、本当のお母さん以上に先生を大切にしてくれたので、先生はいつも実の父親よりもお母さんの味方をしていたそうです。

そんなある日、小学生の妹と二階で遊んでいると、一階で物音がしたので急いで階段を降りると、お母さんが犬の消毒剤を飲んで苦しんでいました。

どうすることもできなくて、お母さんはそのまま亡くなってしまいました。

涙をこらえてお葬式に参列していたとき、知り合いのおばさんが、

「どうして、あんな人と結婚してしまったんだろうね…。誰か相談できる人がいたら、自殺なんてしなくてすんだのにね」

と話しているのを聞いて、とてもやりきれない思いになったそうです。

「自分がお母さんの相談相手になってあげることができていたら、お母さんは自殺しなかったかもしれない」

と思って自分を責めたそうです。先生は、

「私が心理カウンセラーになったのは、母のように悩んでいる人を一人でも

救いたいからです。誰かに相談できれば、命を救える人がいるはずです」

と熱く語ってくれました。この先生の思いが他の先生にも伝わっていると思います。だから、どの先生も熱心だったのです。

本当にしたい仕事をしなければ、力を発揮することができないと思います。自分の仕事が、どのように人に役立っているのか考えたいですね。

この日記に書いたように、自分の人生の目標が明確になると、力を発揮できるだけでなく、自分の夢に周りの人を巻き込んでいけるようになります。

どうすれば、自分の人生の目標が明確になるのでしょうか?

この先生のようなショックを受けなければ、なかなか人生の目標は見つからないのですが、自分のお葬式の画面を想像することによって目標を確認することができます。

参列者が自分に何と言っているのかを想像します。私なら、

「テニスのためにがんばった人だよね」とか、

「いつも、私たち家族のことを思ってくれていた。ありがとう」

などと言ってもらいたいと思います。

「あの人のおかげで苦労させられたけど、これで安心できる」

などと言われたらつらいと思います。

あなたが死んだときに、家族や会社のスタッフ、友人に、どのようなことを言われたいのかを真剣に考えると、人生の目標が明確になると思います。

story

9 オールド・ルーキー

新年になると毎年、目標をたてるのですが、年々大きな目標をたてることに躊躇《ちゅうちょ》するようになっています。若い頃は夢をたくさん抱いていたのですが、現実を知れば知るほど、自分で限界を作ってしまっている気がします。そんな自分が反省させられる話を聞いたのでご紹介します。

ある少年が高校を卒業と同時にマイナーリーグに入りました。しかし、結果が出ずに一度もメジャーリーグでプレーすることなく、すぐに引退することになってしまいました。

野球選手になることをあきらめた彼は、その後、大学に入学して教師の資格を得て、ある高校の先生になりました。高校野球の監督になった彼は、生徒のやる気を高めるために、

「もし、君たちが優勝したらもう一度、プロ野球のテストを受ける」

と約束しました。生徒は彼の狙い通りにがんばりました。その結果、優勝してしまったのです。約束なので仕方がなく、プロテストを受けたところ、驚いたことに彼は合格してしまいました。今回もマイナーリーグのスタートでしたが、間もなくメジャーリーグに昇格、人々の記憶に残る活躍をしました。

「三五歳で高校教師から大リーガーに転進した男」としてマスコミに注目をあびた彼の自伝は全米ベストセラーになり、映画化された『オールド・ルーキー』も大ヒットでした。これはジム・モリス投手の話です。

いくつになっても夢をあきらめない気持ちが大切だと思いました。

夢が人を裏切るのではなく、人が夢を裏切るのだと思います。

この話を聞いたときに、私はウォルトディズニーの話を思い出しました。

ウォルトディズニーは子どもと遊園地に行くと、いつも退屈でベンチでピーナツを食べながら子どもが遊んでいるのを眺めていました。

「大人も、子どもと一緒に楽しめる遊園地があればいいのに…」

と思った彼は、大人も楽しめる遊園地を作る夢を抱きました。しかし、その計画を銀行にすると、

「その計画は無理だ。遊園地は子どもが楽しむものだ。大人が楽しめる遊園地なんて作れるはずがない」

と言われてしまいます。それでも、彼は夢をあきらめませんでした。最後は自分の生命保険を担保にして事業を続けました。その後、ディズニーランドは世界中から多くの大人が訪れる場所となりました。成功した彼に新聞記

者が、

「どうして、成功できたんですか?」

とたずねると、彼は、

「私はただ夢を抱き、その夢のために努力を続けて来ただけです」

と答えました。

夢を追いかけることの大切さは分かっていても、

「そんなことは実現するはずがない」とか、

「現実的に考えると難しい」

と意見を言われると、あきらめそうになります。

どうすれば、あきらめないで夢を追いかけることができるのでしょうか？

ジム・モリス投手もウォルトディズニーも本当にやりたいことだから、夢を追いかけることができたと思います。

あなたが夢中になれるものは何ですか？

夢

story 10

年末に大リーグに挑戦する松坂投手が話題になりました。高額の契約金に驚いたのですが、インタビューに対しての松坂選手の答えが印象的でした。

「契約金の額を聞いて、小学校の卒業式で将来一〇〇億円プレーヤーになると言ったことを思い出しました」

と答えていました。続いて記者が、

「メジャーリーグに入団する夢が実現した今の気持ちはどうですか？」

とたずねると、姿勢を正して、

「元々、僕は夢という言葉は好きではありません。見ることができても叶わないのが夢だと思います。大リーグでプレーすることを目標に野球を続けてきたので、今、ここにいると思います」

と話していました。この言葉を聞いて、夢を語ることは誰にでもできるけれども、目標に向かって本当に努力している人は目標を夢だと思っていないのだなと感心しました。

私にも夢がありますが、実現するためには当然叶うというレベルまで努力しないといけないと思いました。年始に今年の目標を考えますが、初詣で神様にお願いするだけでは実現は無理かもしれません。

夢に向かって毎日、努力することが大切ですね。

松坂選手の話を聞いて、イチロー選手が小学校のときに書いた作文を思い出しました。

そこにも松坂選手が小学校のときに言っていたのと同じように、将来、契約金をもらってプロ野球の選手になると書かれていたそうです。

成功する人の共通点は、夢を夢だと思わないことだと思います。必ず達成できるという気持ちがあるから達成できるのだと思います。

テニスの試合前に、この相手には勝てないかもしれないと思うと、本当に勝てません。

人生の目標を達成しようとしたとき、**たった一つある限界は自分が決めた限界**だと思います。

story 11

一週間後…

先日、あるセミナーに参加したのですが、そこで考えさせられる体験をしたのでお伝えしたいと思います。講師が、

「もし、あなたが一週間後に亡くなるとしたら、何をあなたはしますか？やりたいと思ったことをノートに全て書いてください」

と言われたので、

『子ども達とできるだけ一緒に過ごす』とか、
『奥さんに感謝の言葉を伝える』
『社員に会社の将来を頼む』

などとノートに書きました。
全員が書き終わったのを確認すると講師は、

「今、書いたことを現在、行っていますか？　行っていない人はどうして一週間で命が亡くなる場合にできて、時間が十分にある状況だとできないのでしょうか？」

と言いました。どうしてできないのだろうと考えているとさらに、

「一週間後に一〇〇%、生きていると言える人は世の中に一人もいません。今やらなければ、いつやるのでしょうか？」

と言われてしまいました。

毎日、忙しく仕事に追われていると、どうしても子ども達と過ごす時間や

家族に感謝の言葉を伝える時間、スタッフに夢を語る時間など、本当は大切な時間が削られていると気が付きました。その時間は無理にでも今、取らなければ決して取ることのできない時間だと反省させられました。

あなたも一週間後に亡くなるとしたら、

「今、何をするのか？」

を考えて書き出してください。そして、行っていないことがあったら、

「なぜ、今できないのか？」

を考えてください。きっと大切なことに気付くと思いますよ。

本当に大切なことが何かを、定期的に考える習慣が必要だと思います。

何も考えないと、どうでも良いことに大切な時間を使ってしまいます。

毎日が忙しくて、これ以上、削る時間がないと思っている人でも、冷静に毎日の時間の使い方を見直してみると、役に立たないテレビ番組を見たり、友人とけんかをするなど、必要でないことに思った以上に時間を使っていることに気が付きます。


人生は無限ではありません。本当に大切なことをしっかり考え、優先順位を決めてから行動することが大切だと思います。

story 12

夢は人を裏切らない。でも…

アテネオリンピックの後、パラリンピックが行われていますが、障害を持っていても前向きにスポーツに打ち込む姿に感動します。そのプレーを見ていてアボット投手を思い出しました。

彼は生まれつき右手首より先がありませんでした。父親に勧められて彼が野球を始めたときに友人から、

「アボットは右腕が使えないから野球は無理だよ」

と言われました。そのことを泣きながら母親に相談すると、

「あなたの右腕は障害じゃなくて、大きい人や小さい人がいるのと同じよう

に個性だよ。努力すれば必ずできるよ」

と言われました。両親に励《はげ》まされながら野球を続けた彼は、投げた後にグローブを持ち変える投球をマスターして、投手としてミシガン大学で活躍しました。さらに、ソウルオリンピックに出場、その後、アメリカのメジャーリーグにドラフト一位で入団します。

そして、ついにニューヨークヤンキースの投手として、ノーヒットノーランの大記録を達成します。このときのインタビューで彼は、

「ハンディがあるのは事実だが、私はこれを障害だと思ったことは一度もありません。一生懸命に練習すれば克服できるのです」

と答えています。

私もそうですが、テニスや仕事が上手くいかないと、どうしても言い訳を

したくなります。
でも、アボット投手の言葉を聞くと、自分の甘えを反省させられます。
障害を持っていても、諦《あきら》めずに努力している人がたくさんいると思います。
健康に恵まれている人は、もっとがんばらないといけないですね。

この話を聞いたときにアボット投手をすごいと思ったのはもちろんでしたが、彼のお母さんの言葉に感動しました。親はどうしても子どものことを心配する気持ちが強いので、

「あなたには無理だと思う」とか
「そんな、無謀なことは考えないでみんなと同じようにしてほしい」

と言って、子どもの可能性を小さくしてしまいます。

片腕の少年が将来、大リーグでノーヒットノーランを達成することに比べたら、どんなことも不可能ではないと思います。

自分の可能性を信じることが大切だと思います。

Chapter 3

人生と人間関係を変えてくれる物語

自分ひとりががんばっても、できることは限られていると思います。周りの人たちの協力がなければ何もできません。

どうすれば周りの人たちが協力してくれるのでしょうか?

自分の力が付いてくると、全てが自分だけの力で達成できたと誤解します。私も経験があるのですが、そのような考えを持っていると言葉に出さなくても自然と態度に表れてしまって、周りの人が協力してくれなくなります。

そして、いつの間にか周りに誰もいなくなります。

他人を変えることはできません。周りを変えるには、自分が変わる必要があります。

自分を変えてくれた話を紹介します。

story 13

赤ちゃんが初めて歩いたとき

久しぶりに心理学の教室に行って、ためになる話を聞いたのでご紹介します。

人はほめられると、どんどん成長するという話です。

はいはいからやっと歩くことができるようになった赤ちゃんは、一生懸命に歩いたときに大好きなお母さんから、

「がんばって歩いたね。すごい！」

とほめられて抱きしめられます。赤ちゃんにとっては何よりもうれしいことです。だから赤ちゃんは転ぶ痛みに負けないで、がんばって歩こうとします。

初めて言葉を話したときも、両親はとても喜びます。私もそうだったんで

すが、初めて子どもが私のことを「パパ」と呼んだときには抱きしめていました。

でも、子どもが成長すると様子が違ってきます。九〇点のテストを渡されたお母さんは素直に喜べません。たった一箇所の間違いを指摘して、注意してしまいます。ひどいお母さんになると、

「あなたが九〇点だったら、他の人は一〇〇点でしょ…」

と言ってしまいます。こうなると、子どもは親の言うことを聞かなくなります。何を言っても、うるさがって何も聞いてくれなくなります。

「子どもが何を言っても、うるさいというだけで何も聞いてくれません」

このような相談にくる親の多くが、子どもの良いところを見ないで悪いところばかり見ています。これでは、子どもがうるさがるのも当たり前です。

人の欠点はどうしても気になります。子どもに限らず、人の良いところを見つけて、ほめてあげられる人になりたいですね。


この話を聞いたときに、会社のスタッフも同じだと思いました。

不況で会社の売り上げが下がっているときにスタッフに、

「不況なので、なかなか商品が売れません」

と報告されると思わず、

「不況を言い訳にするな。儲かっているお店はたくさんある」

と言ってしまうのに、スタッフががんばって売り上げを増やしたときに、

「やっと売り上げが増えてきた。景気が良くなったのが、この会社にも影響している」

と言ってしまったら、スタッフは二度と熱心に働きません。

人の良い点に焦点を当てて、心からほめれば相手は必ず動いてくれます。

story 14

無理やり心を開かない

ヤンキー先生と呼ばれていた義家弘介さんの講演を聞きました。テレビで放映されたドラマ『ヤンキー母校に帰る』のモデルになった人です。
以前から、どんな人かと興味を持っていたのですが、想像以上に誠実な人なので驚きました。演台に立つと最初に、

「皆さん、私をすごい人などと思わないでください。どんなに今、立派なことを話したり、人の役に立つことをしたりしても、過去の罪を消すことは決してできません。私は、過去に私が迷惑を掛けてしまった人のことを忘れることはできないし、忘れてはいけないと思います」

と力強く話されました。その後、自分の両親が生まれてすぐに離婚して、

里子に出されてしまったこと、家では話す相手がいなくて、寂しさのあまり夜の街に出て不良になってしまったことなどを話してくれました。中でも印象に残ったのが先生になった理由でした。

東京の大学に通っていた頃、バイクで命にかかわる大事故を起こしてしまったとき、入院している病院に高校時代の先生が北海道からわざわざ来てくれて、

「あなたは私の夢なんだから絶対に死なないで…」

と、励《はげ》ましながら付き添って看病してくれたそうです。このとき、

「この先生のようになりたい」

と思って、先生になる決心をしたそうです。最後に、

「お子さんのいる皆さん、心の扉《とびら》は内側からしか開かない。無理に外側から開けようとすると壊れてしまいます。お子さんを信じてあげてください。必ず心を開いてくれます」

と話してくれました。

そういえば私も、子どもに対して、

「何で話してくれないの？」とか、

「隠してないで言いなさい」

などと無理やり聞くことも多く、反省させられました。

自分から心を開いてもらうことが大切ですね。

自分から心を開いてもらうためには、どうすれば良いのでしょうか？

この人ならば心を開いても良いと感じるのは、話を真剣に聞いてくれる人だと思います。

何か相談しても、意見を決め付ける人には誰も心を開きません。たとえば、奥さんが、

「今度の夏休みの旅行なんだけれども、海に行きたいんだけどいい？」

と聞いた途端に、

「海は混むから山の方がいいよ」

と言うご主人には、奥さんは心を開きません。この場合は、

「海に行きたいんだ。どうして海に行きたいのかな？」

とたずねればいいと思います。もしかしたら、

「結婚してちょうど一〇年になるから、新婚旅行で行った海に、もう一度行きたい」

といううれしい答えが返ってくるかもしれません。

話を聞いてくれない人に心を開く人はいません。心を開いてもらうには人の話を真剣に聞くことが必要です。

story 15

信じる力

先日、あるスタッフと企画について意見が分かれました。三〇分ぐらい意見を言い合ったのですが、なかなかまとまりませんでした。最後にスタッフが、

「私を信じて任せてもらえないですか？」

と訴えました。結果的に任せたのですが、このときに思い出した話があります。

ある優秀なパイロットが、セレモニーのために旧式の飛行機を操縦しました。ところが離陸してしばらくして、エンジンの調子が悪くなりました。パイロットは必死に緊急着陸を試みました。幸い、着陸に成功してパイロットは無事でした。

事故の原因を調べると、エンジンに入れる燃料が旧式の飛行機には合っていなかったことが分かりました。間違った燃料を入れた整備スタッフが、真っ青な顔をして彼にあやまりに来ました。必死にあやまっているスタッフに彼は、

「私はいつも、スタッフが一生懸命に整備してくれるおかげで無事に飛行することができていると思っている。今回の事故も、君が手を抜いたわけではないと信じているよ。だから、明日の飛行機の整備も君に任せるよ」

と話しました。

この整備士は二度とミスをしないと思います。やっぱり、失敗しても自分を信じてくれる人に、人は惹《ひ》かれると思います。

結果だけではなくて、相手の努力を信じてあげることが大切ですね。

売り上げが下がったり、お客さんからクレームをもらったりすると、

「スタッフが本気で仕事をしてくれていないのでは？」

と疑ってしまいます。こんな気持ちが残っているうちは、スタッフは真剣に働いてくれません。信じてくれない相手には、心を開くことができないからです。もしも、相手の力を信じてあげることができれば、相手は心を開いて動いてくれると思います。

スタッフが失敗したときに、

「何でこんな失敗をするんだ。信じられない。次は気をつけろ」

と怒ってしまったのでは、スタッフは心を閉じてしまい、動かすことができなくなります。こんなときは同じ状況でも、

「あなたがこんな失敗をするなんて信じられない。あなたの力なら、次は絶対に成功すると思うからがんばってほしい」

と言えばいいと思います。

人は期待をかけてくれる人のために、がんばりたいと思って動いてくれるのです。

story 16

メッセージ

社員の誕生日に、みんなで色紙にメッセージを書いてプレゼントしています。

一緒に仕事をしている私の父親にも、色紙をプレゼントすることになって、メッセージを書いて欲しいと言われたのですが戸惑《とまど》いました。色紙の一番目立つところのスペースを空けておいてくれたのですが、何を書いたら良いか分かりませんでした。

毎年、誕生日にはプレゼントを渡してお祝いしていたのですが、メッセージを書くのは久しぶりのことです。しみじみと、

「父親に手紙を最後に渡したのはいつのことだろう…」

と考えてしまいました。小学生の頃、父の日に、

「お父さん、いつもありがとう」

と学校で作ったプレゼントに、手紙を添えて渡して以来だと思いました。文章を考えていると、小さな頃にプールに連れて行ってくれたこと、キャッチボールをしてくれたことなどを思い出しました。

「最近はゆっくり話をする時間がなく、会っても仕事の話しかしないなぁ…」

と思うと、とても寂しい気持ちになりました。ちょっと照れくさかったのですが、

『忙しいと思いますが、体だけは大切にしてください。親父の代わりはいま

せん。本当に親父の息子で良かった』

と書きました。

普段はなかなか両親に気持ちを伝えられないと思います。誕生日にメッセージを渡してみませんか？　きっと素晴らしい思い出になりますよ。

感謝の気持ちは分かってくれていると思っていても、なかなか人に伝わりません。

「ありがとう。おかげで仕事が上手くいっているよ」とか、

「君たちスタッフのおかげで会社が維持できている。ありがとう」

と普通に言えれば問題は無いのですが、照れもあってなかなか言えません。こんなときに役立つのが感謝のメッセージを伝えるツールです。誕生日に渡す色紙なら、メッセージを書いて渡すことができると思います。

何もないときに突然、父親に、

「親父の息子で本当に良かった」

と言ったらきっと驚きます。自殺でもしようと思っているんじゃないかと反対に心配をかけるかもしれません。

感謝のメッセージを伝えられると、自分がその人の役に立っているんだという充実感が生まれます。もっと役に立ってあげたいと思うようになるのです。

story

17 また会えて良かった…

結婚をして三年になるご夫婦がある朝、ご主人の出勤前に、けんかをしました。ご主人が奥さんに、

「もう、お前の顔なんて見たくない！」

と捨て台詞《せりふ》を残して、玄関のドアを荒々しく閉めて出かけました。奥さんも負けずに、

「大嫌い、帰って来なくていいから！」

と言い返しました。それから一時間後、病院から奥さんに電話がかかって

きました。

ご主人が事故に遭ったと説明されて、あわてて病院に向かいました。向かっている途中、奥さんはけんかをしたことをものすごく悔やみました。

「けんかでイライラしていたのが原因で事故に遭ったんじゃないか…」

と思って、自分を責めました。病院に着くと、ご主人は緊急手術の最中でした。手術が終わっても、ご主人の意識はなかなか戻りませんでした。

二日後、ご主人の意識が戻って、心配そうに見つめている奥さんに気が付きました。

「けんかしたまま会えなかったら、どんなにお前が後悔するか…。会えて良かった」

と涙を浮かべて奥さんに話しました。

けんかをしたらすぐに仲直りをした方がいいですよ。本当はあなたにとって大切な人なのですから…。

会社でも意見が分かれて、言い合いになることがあります。お互いに一生懸命に仕事をしていれば当然だと思います。大切なのはこの夫婦喧嘩《けんか》のように意見が違ったまま相手と別れないことです。

どうしてでしょうか？

別れた相手は、あなたと意見が違ったことを何人にも話すと思います。

「会議で良い提案をしたのに、ひどいことを言われた」

と言い広めるかもしれません。

会議で意見が対立したら、スタッフの気持ちを考えて納得させる必要があります。

しかし、簡単にスタッフの気持ちは分かりません。本当は納得していなくても、立場が上の人の意見に従ったような素振りをするからです。その場では納得したような意見を言いますが、後で不満をいろいろな人に言ってしまいます。


人を動かすには人との議論をできるだけ避けることです。どんな正論を言っても、人が本当に納得できるはずはないのです。納得させることができないのが分かっているのですから、最初から議論をしなければいいのです。

議論になりそうになったら、

「もしかしたら、私の方が間違っているのかも？」とか、

「相手の言っていることにも、正しい部分があるかもしれない」

と考えることです。

正解は誰にも分かりません。でも、自分の意見に文句を言う人よりも、意見を応援してくれた人のために動きたくなるのは確かだと思います。

Chapter 4

家族、友人の大切さを教えてくれる物語

どうしても、仕事に夢中になっていると、家族との時間が犠牲になってしまいます。

「一生懸命に仕事をしているから、家族も分かってくれている」

と思っている人も多いと思いますが、何も伝えないで分かってもらうのは無理です。

仕事で成功している人の家庭が不幸だという話は少なくありません。ビジネスで成功して家族が不幸になるんだったら、何のために努力しているのか分からなくなります。

一緒に仕事の成功を喜んでくれる家族が必要だと思います。

私も仕事に夢中になって、家族に迷惑をかけていることが多いと思います。そんなときに、家族の大切さを教えてくれる話に出会うと反省させられます。

何の努力もしなければ、家族のきずなは作れないと思います。

story 18

魔女の呪い

先日、心理カウンセラーの勉強をしていて、役に立つ話を聞いたのでご紹介します。

女性からの相談で、

「どんな男性と交際しても、結婚する気にならない」

という相談が最近増えているそうです。この原因の一つと考えられているのが『魔女の呪い』と言われている現象です。この現象は娘さんが幼い頃、母親が幼いから何も分からないと思って、父親がなかなか家に帰って来ないときに、

「また、パパは遅いの…。結婚する前は良かったのにね…」

などと娘さんに愚痴《ぐち》をこぼします。この言葉が呪いのように、幼かった娘さんの潜在意識に残ってしまうので、娘さんが結婚しようと思ったときに、無意識に結婚を避けてしまう現象だそうです。

その他にも同じような現象として、子どもに対して親が家事や仕事が忙しいからと言って、

「うるさい」とか「邪魔だからあっちに行って」などと幼い子どもに話すと、中学生の頃に同じように親に話すようになるそうです。こんな親に限って、

「どうして、息子は乱暴な言葉を使うのでしょうか？」

と相談に来るそうです。

この日、授業の最後に先生が子どもをうつ病にしたければ、

「あなたなんて産まなければ良かった」とか、
「あなたの育て方を間違えた」

などと存在を否定する言葉を繰り返し、使えばいい、このような言葉は絶対に使ってはいけないと力強く話してくれました。

私も忙しいと、つい「うるさい」とか「邪魔だから」という言葉を使ってしまいます。

子どものために、注意しないといけないと反省させられました。

どんなにひどい言葉を言っても、幼い子どもが親を嫌いになることはありません。一人では生きていけないので、本能で親を好きになろうとします。

母親に怒られるのは、自分が悪い子だからだと思い込もうとします。

親に虐待されている子どもも同様で、殴られるのは自分の責任だと思っています。

以前に、ひどい暴行をされた子どもの母親が警察に連れて行かれるときに、

「ママを連れて行かないで…」

と暴行を受けた子どもが泣いていたという話を聞いて、とても切なくなりました。

子どもは親を受け入れてくれる存在です。親が思っている以上に、子どもは親の言葉を深刻に受け止めます。だから言葉の使い方に注意することが大切です。

story 19

友のためにつくす

先日、友人から『佐賀のがばいばあちゃん』（徳間書店）がベストセラーになっている島田洋七さんの中学生の頃の話を聞きました。

中学三年生のとき、野球部の同級生が修学旅行に行かないという話を聞いた彼は、

「どうして、修学旅行に行かないんだ」

とたずねます。同級生は、

「俺の家は貧乏だから、行けない」

と寂しそうに話しました。

何とかしてあげたかった彼は、野球部のみんなでアルバイトを始めます。学校でアルバイトは禁止だったので、先生に見つからないように働いたそうです。

みんなで一生懸命に働いた結果、修学旅行に必要なお金を集めて同級生に渡すことができました。しかし、当日、同級生は修学旅行に来ませんでした。

彼が、

「どうして、来なかったんだ」

と怒ると同級生は、

「みんなが必死で働いてくれたお金を、自分のために使うわけにはいかなかった。これをみんなで使ってくれ…」

と言って、みんながくれたお金で買った新品の野球道具を渡しました。

卒業式で校長先生が、

「卒業生の中に、学校で禁止していたアルバイトをしていた人たちがいる。とんでもないことだ。けれども、彼らは自分のために働いたんじゃない、友達のために働いた。私は彼らがこの学校の卒業生だということを誇りに思う」

と挨拶《あいさつ》をしました。

自分のために一生懸命になることができても、人のために自分の時間を使える人はなかなかいないと思います。

今の方が昔よりも豊かになったのに、心はどうなのか？

と反省させられました。

以前、友人がお金に困っているのを知って、

「困っているなら、少しならば貸すことができるよ」

と話したことがあります。友人は、

「友人からお金を借りるわけにはいかないよ。お金を借りても、この事業に失敗するかもしれない。そのときに、迷惑をかけたくない。お金は無くしてもまた稼げばいいけど、今の友人は作れないから…。気持ちだけでうれしいよ」

と言われたことがあります。

本当の友人を失うことは簡単でも、作るのは難しいと思います。
自分を支えてくれる友人を大切にしたいですね。

story 20

人生の選択、そして時間

『あなたに成功をもたらす人生の選択』（オグ・マンディーノ著／ＰＨＰ研究所）という本を読んで、すごく考えさせられましたのでご紹介します。

小説なのですが、ほとんど休みのない、トップクラスの保険の営業員が接待ゴルフに出かける朝、起きてきた小学六年生の息子の顔を久しぶりに見ると、薄っすらとヒゲが生えているのに気が付きました。

「前にこの子の顔をじっくり見たのはいつだろう？　こんな生活をしていていいのだろうか？」

と思った彼は、ゴルフを断って、会社に辞表を持っていきます。副社長にするから会社に残ってほしいと社長に言われた彼は、

「仕事やゴルフは私が放さない限り、ずっと自分と一緒にありますが、子ども達はいずれどんなに放したくなくても成長して、私のもとから離れていってしまうんです」

と答えました。

その後、家族との時間が自由に取れる職業として、作家を選んだ彼は努力を続けていきます。そして、苦労が報われて、作家としてデビューした彼の著書はベストセラーになります。しかし、講演で忙しい日々を過ごしていると突然、神様の使者が現れて、

「あなたの子どもが一年以内に亡くなります。それを防ぐには、あなたが身代わりになるしかありません。その決心がついたら、講演で赤いネクタイを付けてください」

と言われます。続きは良い本なので読んでください。

この本を読んで、どうしても仕事中心になってしまう自分の生活をすごく考えさせられました。もっと、家族との時間を取らないといけないですね。


家族との時間を取らなくてはいけないと分かっていても、なかなか取ることはできません。

この本のように仕事を変えてしまえばいいのですが、実際には難しいと思います。

どうしたら家族と過ごす時間を取れるのでしょうか？

大切なのは時間の使い方を考える時間を持つことだと思います。

私の場合は毎週月曜日に一週間の時間の使い方を考えて予定に入れます。このときに、家族と過ごす時間も予定に入れてしまいます。この時間は空いている時間ではなく家族の時間になるので、仕事の予定が入ることはありません。

時間は限られているので、本当に大切なことのために考えて時間を使うことが大切です。

story 21

白い運動靴

たびたび、読んで感動した本を紹介していますが、今回は『世界でいちばん大切な思い』（イ・ミエ著　笛木優子訳／東洋経済新報社）をご紹介します。この中の「お父さんの白い運動靴」という話に感動しました。

結婚式の決まった娘さんのお父さんは義足をつけていました。でも、娘の結婚式では、娘の手をとって式場に入りたいと思って歩行の練習を始めます。

しかし、娘さんはそんなお父さんの姿を婚約者に見せるのが嫌でした。結婚式が近づくと、お父さんの練習はさらに熱心になって、どこからか白い運動靴を手に入れて歩行練習をしていました。

娘さんもお父さんの気持ちは理解できるのですが、

「結婚式でお父さんが転んだらどうしよう…」、その姿を見た嫁ぎ先の家族はどう思うだろう…」

と考えて悩んでいました。

結婚式の当日、練習の成果もあってお父さんと歩くことができたのですが、フォーマルスーツ姿の父の足元が白い運動靴なのが変に思われないかと気になって仕方がありませんでした。

それから数年後、お父さんが危篤《きとく》という連絡を受けて、娘さんは病院に駆けつけました。お父さんは娘さんの手を取りながら、

「おまえは夫を大切にしなさい。お父さんは結婚式でおまえの手をとって式場に入る自信は正直に言うとなかった。でも、おまえの夫が毎日のように訪ねてきてくれて励ましてくれて…。転ぶと危ないからと、運動靴まで買ってきてくれたんだ」

と話しました。娘さんは胸がいっぱいになって、何も言えませんでした。

本当の優しさを考えさせられました。がんばっている人を応援する人と馬鹿にする人がいますが、私は応援する人になりたいと思います。そして、人に馬鹿にされるぐらいがんばる人になりたいですね。

自分の両親を大切にする人でも、相手の両親のことにはあまり関心のない人がいます。

両親の悪口を言われて、怒らない人はいないと思います。悪口を言われなくても、無関心だったらどう思うでしょうか?

自分の両親を相手が大切にしてくれるから、相手の両親も大切にできると思います。嫁と姑の仲が悪くて悩んでいる人は良く考えてください。

お互いの両親を大切にすることで、夫婦のきずなが強くなると思います。

story 22

今

心理学教室の懇親会で、心理学の先生が悩んだ頃の話を聞かせてもらいました。

何年か前に、先生が心理カウンセラーの仕事をできなくなった時期があったそうです。

それは先生の二歳のお子さんが小児ガンになって入院した時期でした。子どもが生きるか死ぬかの病気になってしまったので、冷静にカウンセリングができなくなってしまったそうです。

子どもの相談に来る母親に、

「子どもが勝手に学校を辞めて困っているんです」

と相談されても、

「学校になんて行かなくてもいいじゃないか、近くにいてくれれば…」

と考えてしまうし、相談に来た父親に、

「子どもとすぐに殴り合いのけんかになってしまうんです」

と相談されても、

「うらやましいな、息子が大きくなって、けんかができたらどんなに幸せだろう」

と思うと、涙があふれてしまって仕事にならなかったそうです。

「どうして、みんな、今の幸せに気付かないのだろう…」

と最後に先生が話した言葉が強く、印象に残りました。

あまりにも当たり前に自分の周りにあるので、それがどんなに幸せなことか気付いていないことはありませんか？

生まれつき目が見えなかった人が二〇歳になって、奇跡的に視力が回復して初めて水道の水を見たときに、

「水はこんなに綺麗《きれい》だったんだ」

と涙を流したそうです。

もしも、明日、太陽が昇らなかったら誰も生きていけません。でも、太陽が必ず昇るとは限りません。夜、眠って明日の朝に目が覚めることも、誰も保証できないのです。

世の中に当たり前のことは何もありません。どんなことにも幸せを感じることが大切だと思います。

story 23

好きな色

最近、多くの皆さんから「オーナー日記」の感想をいただくようになりました。本当にありがたいと思います。やっぱり、人が書いた文章には力があります。『人生最高のラブレター』（生活デザイン研究所編著／清流出版）という本にも、子どもからお年寄りまで、自分の一番愛する人に向けて書いた感動する手紙が数多く載っています。特に印象に残った二七歳の娘さんから亡くなったお父さんに書かれた手紙の一部を紹介すると、

※

ドクターストップが解けて走った小学校での徒競走。五人中四等だった私に、普段は無口でクールな二枚目タイプだったお父さんなのに、笑顔いっぱ

いで頭をなでてくれたよね。

体操着に四等の印の水色のリボンをつけてもらったときから、水色が私の一番好きな色になりました……………。


お父さん、覚えてる？　入院しているとき、看護婦さんに、

「あなたのお名前は？」

と聞かれたとき、

「フクイ　ヨシコです」

と真面目に答えたこと。

「それは娘の名前でしょ」

って私が言ったら、少し考えてから、

「フクイ　ヨシオかな？」

って答えた。私が、

「お父さんは保雄（やすお）でしょ」

って笑顔で訂正したけど、本当は病院の廊下に出て泣いてたんだ。でもね、失語症で自分の名前は忘れても、娘の名前は忘れないほどお父さんから愛されていたんだなって思うとうれしかった…………。

※

私にも娘がいるので、思わず涙ぐんでしまいました。全文を紹介できないのが残念です。

大切な人に感謝の気持ちを伝えていますか？

「毎日、食事を作ってくれてありがとう」

「毎日、お仕事ご苦労様です」

など、当たり前なことだと思わないで感謝の気持ちを伝えたいですね。


愛する人に手紙を書くことは大切だと思います。普段、書くことが照れくさかったら、誕生日や結婚記念日に書くといいと思います。

手紙を書くことによって、自分の大切な人に向き合う時間になります。相手に感謝したいことがたくさん浮かぶと思います。

お互いに感謝の手紙を書くことで、相手の気持ちを理解することができます。簡単な手紙でいいので、とにかく書いてみることが大切だと思います。

story 24

二人だけのバースデー

先日、子どもが友達の誕生日会に誘われていたのを聞いて、友人から聞いた話を思い出したので紹介します。

ある小学生の女の子が、クラスの子の誕生日会に行くのを迷っていました。お母さんに、

「みんなに嫌われている女の子から誕生日会に誘われたの。本当は行きたくないんだけど、行かなくてもいいかな？　誕生日プレゼントも買えないし……」

と相談しました。お母さんは「絶対に行きなさい」と言って、クッキーを焼いて女の子に持たせました。

誕生日会に着きました。テーブルにはたくさんのコップやお菓子が用意されていましたが、まだ誰も来ていませんでした。しばらく、誕生日の子と二人で話して待っていたのですが、時間になっても誰も来ません。

その後、三〇分が過ぎても誰も来ませんでした。誕生日の子は泣きそうな顔をしています。

そのとき、女の子が誕生日の子に言いました。

「二人だけだったら、ケーキもお菓子も食べ放題だよ」

と言いました。二人は笑いながら夢中になって、お菓子やケーキを食べ始めました。

家に帰ってきた女の子がお母さんに、

「誕生日会、私、一人しか来なかったんだよ。でも、本当に楽しかった。一緒に遊んだら、とても良い子だったよ」

と話しました。お母さんは、

「最高の誕生日プレゼントを渡せて良かったね」

と言って、その子を抱きしめました。

どんなプレゼントよりも誰かが一緒にいてくれるだけで幸せな気分になれるときがあると思います。

一人ではなくて、一緒にいてくれる人がいる幸せを忘れないようにしたいですね。

人は一人では生きられないと思います。誰かが自分を必要としてくれるから生きられると思います。

あなたの周りに一人で寂しそうにしている人はいませんか？
その人が必要なことを伝えてあげれば、きっとあなたもこの話の女の子のように楽しくなれると思います。

忙しいと一人になりたいと思うときがあります。
どこかの南の島でのんびりしたいと思います。
でも、朝から誰とも話さない日が何日も続いたらどうでしょうか？
きっと、耐えられないと思います。
自分に話しかけてくれる人がいるのは、当たり前ではありません。
毎日、「おはよう」と声をかけてくれる人たちに感謝したいと思います。

おわりに

『大切なことに気づく24の物語』を最後まで読んでいただきましてありがとうございました。

実は、最後にご紹介したい物語があります。


「いってきます」

玄関の戸が閉まったとたん、その場にしゃがみこんだ。

体力自慢の夫が体の不調を訴え、軽い気持ちで受けにいった検査で難病が発見され、緊急入院したのは半年前のことだった。

おわりに

いったい夫はどうなるの？　私たち家族はどうなるの？

当たり前にこのまま続くと思っていた毎日が、突然音をたてて止まった。自分のよく見なれた世界から突然空気の薄い別の世界に、いきなりぽつんと置かれたような心細さ、苦しさが襲ってきた。


それからの半年は、自分が家族の前で笑顔でいることだけに神経をそそいだ。夜は心細さに足が震えだして眠れなくても、会社では普通に働き、子供を送り迎えし、食事を作った。

子供をだっこしているふりをして、本当は自分が子供にしがみついていることで、なんとか正気を保っているような状態だった。

そんな日々のなかで、夫が退院。自宅療養の時期をすごし、少しずつ普通の生活が送れるようになった。


以前は大嫌いだった、混んだスーパーでの日曜日の買い物にふたたび家族揃って出かけられた日、車に戻る駐車場で排気ガスに巻かれながら、ありがたさに涙が出て止まらなかった。

「高速道路の運転がしんどい」と、運転ができなくなっていた夫がふたたびハンドルを握って長距離を運転した日は、後部座席に子供と座っていられる自分がありがたくて泣けた。


そしてついに夫が復職する日が来た。

朝起きて、スーツに着替え、会社に行く。当たり前だと思っていた光景。その姿に感謝して泣く日が来ますよ、と占い師に言われたとしても決して信じなかったと思う。

でも実際、夫が会社に出掛けたとたん、私はその場にしゃがみこんでしまった。


人生で当たり前のことなんて、何一つない。

たとえば仕事に行けること、子供が無事に学校から帰ってくること。

すべてが人生の一大事。

Conclusion
おわりに

当たり前なんて考えてしまったら、もったいなさすぎて罰《ばち》があたる。毎日、毎日が神さまからの贈り物。奇跡の繰り返しだ。

無くしてから「そういえば、毎日贈り物が届いていたんだ」なんて気がつくなんてもったいない。

自分がいったい毎日どれだけ贈り物を受け取っているのか、ちゃんとわかっていれば、それだけで感謝の気持ちがあふれてくる。

「当たり前」なんて、どこにもないのだから。

このお話は、フォレスト出版に感想を送ってくださった、ある女性の体験談です。

人生には、自分の考え方を大きく変える出来事が突然に起こることがあります。それまでの世の中の見え方が変わるとき、心の目が開く瞬間です。

この女性はご主人が緊急入院した瞬間に、全ての見え方が変わったと思います。

人は大切なものを失わないと、なかなか心の目を開くことができません。本当はそれでは遅いと思います。

他の人が体験した本当の話を聞くことによって、心の曇りが取れることがあります。私もこの女性の話を聞いて自分の家族を大切にしようと思いました。

貴重なお話を送っていただきましてありがとうございます。ぜひ、このような体験をお持ちの方はお話を送っていただけるとうれしいです（本書の最後のページに載っているホームページに感想や体験談を書きこんでください）。多くの人の役に立つはずです。

最後になりますが、本書に載せさせていただいた話は、「オーナー日記」として当時、お客さんに渡していた会報に載せたものを修正したものです。

後から読んでみると書き始めた頃の「オーナー日記」では、言葉の使い方や敬語を間違えていることが多く、読み直しているときに「これをお客さんに読んでもらっていたのか…」と青ざめました。毎月、五話ぐらいを七年間書いていたので、さすがに文章は上達できたと思います。

「オーナー日記」には本で読ませていただいた話や友人に教えてもらった話もあります。

このような話に出会うたびに、本を書いてくださった著者や友人にいつも感謝したくなります。友人から聞いた話の中には読者が考えたり、体験した話があるかもしれません。ぜひ、さらに詳しいお話を聞かせていただきたいと思います。

良い話に出会うと、元気や勇気などをもらうことができます。

そんな話をぜひ、ご紹介ください。多くの人に知ってもらうことで、みんなが幸せになれると思います。

本を書くといつも思うのですが、編集の長倉さん、社長の太田さんはもちろん、フォレスト出版の皆さんには本当にお世話になります。皆さんの良い本を出したいという気持ちが伝わってくるので書けると思います。

最後に私にいつも素晴しい体験をさせてくれる、メンタルヘルス協会の衛藤先生、岡本税理士事務所の岡本先生などの先生方、友人、スタッフ、そして、家族に感謝の気持ちを伝えたいと思います。皆さんのおかげで、この本を書くことができました。ありがとうございます。

中山　和義

〈著者プロフィール〉
中山和義（なかやま・かずよし）
1966年生まれ。成蹊大学経営工学科卒業、アメリカのホップマンキャンプ、メンフィステニスアカデミーで海外のスポーツビジネスを経験、帰国後、ヨネックス株式会社勤務、テニススクール担当として200ヶ所以上の事業所で販売促進企画を実施、退社後、父親の経営する緑ヶ丘ローンテニスクラブの経営改善に着手、赤字テニスクラブを業界トップのテニスクラブに改善。その後、テニスショップ、テニスサポートセンターをオープン、オリジナルブランドを立ち上げ、ラケットやガット、テニス練習機などを中心に売り上げを伸ばしている。その他の事業として老人ホーム、学習塾を展開中。

メンタルヘルス協会公認心理カウンセラー。

心理カウンセラーとしての知識を応用したセミナーは（株）船井総合研究所や（社）日本テニス事業協会などでも高い評価を受けている。
テニス普及のためのNPOテニスネットワークを設立、三鷹青年会議所の理事長を務めるなど地域ボランティア活動にも力をいれている。
著書にベストセラー『客は集めるな！～お客様とのきずなを作る３つの関係～』（フォレスト出版）、『テニス・メンタル強化書』（実業之日本社）がある。

＜『２４の物語』ホームページ＞
http://www.24monogatari.jp
（無料で素敵な物語を配信しています。皆さんからの感想、体験談をお待ちしております）

＜著者ホームページ＞
http://www.midorigaoka.co.jp

大切なことに気づく24の物語

2007年７月14日　初版発行
2010年９月29日　19刷発行
著　者　中山和義
発行者　太田　宏
発行所　フォレスト出版株式会社
〒162-0824 東京都新宿区揚場町２－18　白宝ビル５F
電話　03-5229-5750（営業）
03-5229-5757（編集）
URL　http://www.forestpub.co.jp

印刷・製本　日経印刷（株）

ISBN978-4-89451-269-6　Printed in Japan